Another Sommer-Time Story™ Bilingual

MAYOR FOR A DAY

Alcalde Por Un Día

By Carl Sommer
Illustrated by Dick Westbrook

Advance
PUBLISHING, INC. • HOUSTON
A Division of Sommer Learning Group

Permissions
Advance Publishing, Inc.
6950 Fulton St.
Houston, TX 77022

www.advancepublishing.com

First Edition
Printed in Malaysia

Library of Congress Cataloging-in-Publication Data

Sommer, Carl, 1930-
  [Mayor for a day. English & Spanish]
  Mayor for a day = Alcalde por un día / by Carl Sommer ; illustrated by Dick Westbrook. -- 1st ed.
      p. cm. -- (Another Sommer-time story)
  Summary: When he gets to be mayor of his small, peaceful town for a day, Davy decides to abolish all rules--which turns out to be a big mistake.
  ISBN-13: 978-1-57537-159-7 (library binding : alk. paper)
  ISBN-10: 1-57537-159-6 (library binding : alk. paper)
  [1. Conduct of life--Fiction. 2. Behavior--Fiction. 3. City and town life--Fiction. 4. Spanish language materials--Bilingual.] I. Westbrook, Dick, ill. II. Title. III. Title: Alcalde por un día.

  PZ73.S6552 2008
  [E]--dc22

                                                                    2008002379

Another Sommer-Time Story™ Bilingual

Alcalde Por Un Día

It was the first game of the season for the Cougars. Nearly everyone in Springdale came to cheer the junior soccer team.

Even the mayor was there! He said to the players, "If the Cougars win the championship, the team's best player will become mayor for a day."

Era el primer partido de la temporada para los Pumas. Casi todos en Valle Primavera habían venido a apoyar al equipo juvenil de fútbol.

¡Hasta el alcalde estaba ahí! Él les dijo a los jugadores, "Si los Pumas ganan el campeonato, el mejor jugador del equipo será alcalde por un día".

No one gave much thought to what the mayor had said—including the mayor. Small, peaceful Springdale never had a winning team.

However this year, the Cougars beat every team they played, even teams from the big cities. And no one played better than Davy. He ran fast and kicked hard.

But to win the championship, the Cougars had to beat the undefeated Riverdale Lions. Riverdale was a large town, and for the last three years the Lions had won the championship.

Nadie le dio mucha importancia a lo que el alcalde dijo—ni siquiera él mismo. El pequeño y pacífico Valle Primavera nunca había tenido un equipo ganador.

Sin embargo, este año los Pumas vencían a cada equipo con el que jugaban, aún a los de las grandes ciudades. Y nadie jugaba mejor que David. Él corría rápido y pateaba fuerte.

Pero para ganar el campeonato, los Pumas tenían que vencer a los invictos Leones de Valle del Río. Valle del Río era un pueblo grande, y los Leones habían ganado el campeonato los últimos tres años.

Because the Lions always had the best team, everyone was certain they would win again, especially against small, peaceful Springdale.

In the championship game, the Cougars scored four goals—Davy made two himself. But the Lions fought back to tie the score. Now the Cougars were down to their last play. Davy ran down the field, tapping the ball and scooting around two players. With ten seconds left, Davy kicked the ball hard—right into the corner of the net!

The Cougars won the game! The crowds stood and cheered, "Cougars! Cougars! Number one! Cougars! Cougars! Number one!"

And Davy was chosen, "Most Valuable Player!"

Como los Leones siempre tenían el mejor equipo, todos estaban seguros de que nuevamente ganarían, especialmente contra el pequeño y pacífico Valle Primavera.

En el partido por el campeonato, los Pumas habían anotado cuatro goles—el mismo David había anotado dos de ellos. Pero los Leones lucharon por empatar el marcador. Ahora a los Pumas les quedaba una última jugada. David corrió por el campo controlando el balón y pasando entre dos jugadores. Faltando sólo 10 segundos, David pateó con fuerza—y lo metió ¡justo en el ángulo de la red!

¡Los Pumas ganaron el juego! Las multitudes se pararon y gritaban, "¡Pumas!, ¡Pumas!, ¡Número uno!, ¡Pumas!, ¡Pumas!, ¡Número uno!"

¡Y David fue elegido como "El Jugador Más Valioso"!

Mary said to Davy, "You were great! We're all excited that on Saturday we'll be going to the town square for the victory celebration, and you're going to be mayor for a day. What are you going to do when you're the mayor?"

"Hmmm," said Davy. "I don't know."

María le dijo a David, "¡Estuviste increíble! Todos estamos emocionados porque el domingo iremos a la plaza del pueblo para tener la gran celebración por la victoria, y tú vas a ser alcalde por un día. ¿Qué vas a hacer cuando seas el alcalde?"

"Mmmm", dijo David, "no lo sé".

His friends told him what they would do if they were mayor for a day:

"Have an ice cream party where you can eat all you want!" said Jesse.

"Close the schools for the whole day!" suggested Tammy.

"Make it a 'Fun Day'—No work allowed!" said Brian.

Sus amigos le dijeron lo que ellos harían si fueran alcaldes por un día.

"¡Hacer una fiesta de helados, donde puedas comer todo el helado que quieras!", dijo Jesse.

"¡Cerrar las escuelas todo el día!", sugirió Tammy.

"Hacer un 'Día De Diversión'—¡prohibido trabajar!", dijo Brian.

When Davy came home, Dad said, "I'm proud of you. You played a great game."

"Me too," said Mom. "I've cooked a special meal and baked your favorite dessert."

When Davy saw the cake, he said, "Mmmmm! Mmmmm! I just want to eat dessert."

"You know the rules," said Dad. "No dessert until you eat your meat and vegetables."

Yes, Davy knew the rules, but to him there were too many:

Cuando David llegó a casa, su papá le dijo, "Estoy orgulloso de ti. Jugaste un gran partido".

"Yo también", dijo su mamá. "He preparado una comida especial y te hice tu postre favorito".

Cuando David vio el pastel, dijo, "¡Mmmmm! ¡Mmmmm! Yo sólo quiero comer postre".

"Conoces las reglas", dijo su papá. "No hay postre hasta que hayas comido tu carne y tus verduras".

Exactamente, David conocía las reglas, pero a él le parecían demasiadas:

Look both ways before crossing the street.
Go to bed on time.
Sit up straight.
Eat your food.
Brush your teeth.
Clean your room.
Make your bed.
Do your homework.
"Whew!" Davy mumbled to himself. "I hate rules!"

Mira hacia los dos lados antes de cruzar la calle.
Acuéstate temprano.
Siéntate derecho.
Come tu comida.
Lávate los dientes.
Limpia tu habitación.
Tiende tu cama.
Haz tu tarea.
"¡Uf!", se quejaba David. "¡Odio las reglas!"

When Dad heard his mumbling, he said, "A family without rules will never be happy."

"I don't think so," thought Davy. "If we didn't have rules, then we'd really be happy."

After supper, Davy always had to do his homework. If he finished early, he could go outside and play.

Cuando su papá lo escuchó rezongando, le dijo, "Una familia sin reglas nunca será feliz".

"No lo creo", pensó David. "Si no tuviéramos reglas, realmente seríamos felices".

Después de cenar, David siempre tenía que hacer su tarea. Si terminaba temprano, podía salir a jugar.

But today, instead of doing his homework right away, Davy watched his friends play. Then he groaned, "Ohhhhh! How I wish I didn't have to do my homework."

By the time he decided to do his homework, it was getting late. He would not finish his homework until bedtime. Davy sat at his desk and complained, "Why do I always have to go to bed so early? Rules, rules, rules! I'd be happy to have just one day without any rules!"

Pero hoy, en lugar de hacer su tarea de inmediato, David se quedó mirando a sus amigos que jugaban. Se lamentaba, "¡Ohhhhh! Cómo quisiera no tener que hacer mi tarea".

Para cuando decidió empezar, ya se estaba haciendo tarde. Ahora no la terminaría sino hasta la hora de ir a dormir. Sentado en su escritorio, David se quejaba, "¿Por qué siempre tengo que irme a la cama tan temprano? ¡Reglas, reglas, y más reglas! ¡Sería feliz si tuviera al menos un día sin reglas!"

On Saturday the whole town came out to honor Davy and the championship team. The band played and the people cheered. Davy led his team at the front of the parade.

When they reached the town square, the mayor hushed the crowd. "On Monday," he proclaimed, "Davy will be mayor for a day!"

"Hooray!" everyone shouted.

Then the mayor said, "Davy, what do you want? An ice cream party?

El sábado todo el pueblo salió para honrar a David y al equipo campeón. La banda tocaba y la gente gritaba y aplaudía. David dirigía a su equipo al frente del desfile.

Cuando llegaron a la plaza central, el alcalde pidió silencio a la multitud. "El lunes", proclamó, "David será ¡alcalde por un día!"

"¡Hurra!", gritaron todos.

Entonces el alcalde dijo, "David, ¿qué quieres? ¿Una fiesta de helados?

14

A fun day? The town is yours. You can do whatever you want."

The band leader raised his baton, the drummers lifted their sticks, the horn-blowers drew a deep breath. Everyone waited. A great hush fell over the crowd.

Then Davy announced with a great big smile and a loud voice, "On Monday—there will be no rules!"

¿Un "Día De Diversión"? El pueblo es tuyo. Puedes hacer lo que quieras".

El líder de la banda elevó su batuta, los tamborileros levantaron sus palillos, y los trompetistas respiraron hondo. Todos esperaban. Se hizo un gran silencio entre la multitud.

Entonces David anunció con voz fuerte y una gran sonrisa, "El lunes—¡No habrá reglas!"

"No rules?!" gasped the mayor.

"Hoorayyyyy!" shouted all the boys and girls.

"Ohhhhhh!" groaned all the dads and moms. They knew that a day without rules would be a great disaster.

"¡¿No habrá reglas?!", se asombró el alcalde.

"¡Hurraaaa!", gritaban los niños y las niñas.

"¡Ohhhhhh!", se quejaron todos los papás y mamás. Ellos sabían que un día sin reglas sería un gran desastre.

The mayor now realized how foolish he had been for making such a promise. But he had given his word, and a promise is a promise.

The mayor bowed his head and said, "I must honor my word. On Monday, we will have no rules."

"Hoorayyyyy!" yelled all the boys and girls. They jumped up and down and shouted, "Monday will be our best day ever!"

El alcalde se dio cuenta de lo tonto que había sido al hacer una promesa así, pero había dado su palabra, y una promesa es una promesa.

El alcalde inclinó la cabeza y dijo, "Debo cumplir mi palabra. El lunes no habrá reglas".

"¡Hurraaaa!", gritaban todos los niños y niñas. Saltaban de alegría y gritaban, "¡El lunes, será el mejor día de nuestra vida!"

17

When Davy walked into the kitchen Monday morning, he announced, "Mom, I don't want to eat breakfast today."

"But you're going to be hungry," warned Mom.

"I'll be all right," said Davy.

"Okay," said Mom.

"Wow!" whispered Davy. "This is going to be a great day!"

El lunes por la mañana, cuando David entró a la cocina anunció, "Mamá, hoy no quiero desayunar".

"Pero vas a tener hambre", le advirtió su mamá.

"Estaré bien", dijo David.

"Bueno", dijo su mamá.

"¡Increíble!", susurró David. "¡Éste va a ser un día maravilloso!"

As Davy went to walk out the door, he said, "I don't want to wear my jacket to school."

"You better wear it," advised Dad. "You'll be cold."

"I'll be all right," said Davy.

"Okay," answered Dad.

"Hooray!" yelled Davy. "This is how it should always be. I can do whatever I want!"

Cuando David iba de salida, dijo, "Hoy no quiero ponerme la chaqueta para ir a la escuela".

"Mejor póntela", le aconsejó su papá. "Te dará frío".

"Estaré bien", dijo David.

"Bueno", contestó su papá.

"¡Hurra!", gritó David. "Así debería ser siempre. ¡Puedo hacer lo que yo quiera!"

While waiting for the school bus, Davy felt cold—so cold he began to shiver. "Brrrrrr, I'm freezing!" he told his friend. "I should have worn my jacket."

Mientras esperaba el transporte escolar, David sintió frío—tanto frío que comenzó a tiritar. "¡Brrrrrr! ¡Me estoy congelando!", le dijo a su amigo. "Debí ponerme mi chaqueta".

While sitting at his desk, Davy became so hungry that his stomach began to growl and hurt.

"I'm starving," he whispered to the boy in front of him. "I wish it were lunchtime."

"It's two hours until lunchtime," said the boy.

"Two hours?" moaned Davy. "I wish I had eaten breakfast."

Mientras estaba sentado en su escritorio, a David le dio tanta hambre que comenzó a dolerle y a gruñirle el estómago.

"Me estoy muriendo de hambre", susurró al niño que estaba sentado enfrente. "Quisiera que fuera la hora del almuerzo".

"Faltan dos horas", dijo el niño.

"¿Dos horas?", gimió David. "Desearía haber desayunado".

"R-r-r-r-r-ring!" sounded the school bell.

"Finally!" sighed Davy. "It's lunchtime."

The students jumped up and ran to the lunchroom. Only Davy and two other kids waited for the teacher to dismiss them.

"What's going on?" Davy asked the teacher.

"¡R-r-r-r-r-ing!", sonó la campana de la escuela.

"¡Al fin!", suspiró David. "Es hora de comer".

Los estudiantes saltaron y corrieron al comedor. Sólo David y otros dos niños esperaron a que la maestra les permitiera salir.

"¿Qué sucede?", preguntó David a la maestra.

He was so hungry and eager for the lunchtime bell, that he had forgotten what he had done.

"Remember?" the teacher reminded him. "Today, we have no rules in our school."

"That's right!" said Davy as he jumped out of his chair. "This is going to be a g-r-e-a-t day."

Estaba tan hambriento e impaciente por escuchar la campana de la hora del almuerzo, que había olvidado lo que había hecho.

"¿Recuerdas?", le dijo la maestra. "Hoy no hay reglas en nuestra escuela".

"¡Es cierto!", dijo David mientras saltaba de su escritorio. "Hoy será un día m-a-r-a-v-i-l-l-o-s-o".

As soon as Davy walked into the hall, a boy ran into him and knocked him down.

"Ouch!" yelled Davy as he hit his head against the wall.

En el momento en que David comenzaba a caminar por el pasillo, un niño que venía corriendo lo tumbó.

"¡Ayyy!", gritó David al golpear su cabeza contra la pared.

Davy rubbed his head and complained, "Why are teachers letting kids run in the halls?"

Then he remembered that there were no rules today. "I should have kept one rule—'No running in the halls.'"

David se frotó la cabeza y se quejó, "¿Por qué los maestros dejan que los niños corran por los pasillos?"

Entonces recordó que ese día no había reglas. "Debí dejar sólo una regla—'No correr en los pasillos'".

25

Since Davy had skipped breakfast, he could hardly wait to eat. While standing in the lunch line, a group of boys jumped in front of him.

"Hey!" complained Davy. "Why don't you guys go to the back of the line?"

"Because we don't have to," said the big kid.

Como David no había desayunado, casi no podía esperar el momento de comer. Mientras estaba formado en la fila para recoger su comida, un grupo de niños se metió delante de él.

"¡Oigan!", se quejó David. "¿Por qué no se van al final de la fila?"

"Porque no tenemos que hacerlo", dijo el niño grande.

"That's not fair!" said Davy.

"Try to stop me," the big kid snapped back.

Davy knew he could not stop him. The boy was bigger and stronger than he was.

Davy said to the girl behind him, "I should have kept the rule—'No cutting in line.'"

"¡No es justo!", dijo David.

"Intenta detenerme", dijo bruscamente el niño grande.

David sabía que no podía detenerlo. El niño era más grande y más fuerte.

David le dijo a la niña que estaba detrás de él, "Debí dejar la regla—'No meterse en la fila'".

As the day wore on, more and more kids remembered that today there were no rules.

Kids began climbing on desks and flying paper airplanes, throwing erasers and shooting rubber bands, yelling and chasing

Mientras el día pasaba, más y más niños recordaban que ese día no había reglas.

Los niños comenzaron a subirse a los escritorios y a lanzar aviones de papel, a aventar borradores y bandas elásticas, y a

each other all in the classroom!

At first, Davy joined in. He thought it was fun. But the fun quickly wore off when some kids got mad and began fighting. And no one stopped them—they did as they pleased.

gritar y perseguirse unos a otros. ¡Y todo dentro del aula!

Al principio, David participaba. Le parecía divertido. Pero la diversión se acabó rápidamente cuando algunos niños se enojaron y comenzaron a pelear. Y nadie los detuvo—hacían lo que querían.

For the rest of the class, Davy sat in his chair with a big frown on his face.

Then a shoe hit him in the head. "Ouch!" he yelled. "I should have kept all the school rules!"

Durante el resto de la clase, David permaneció sentado en su silla con el ceño fruncido.

Después un zapato lo golpeó en la cabeza. "¡Ayy!", gritó. "¡Debí haber dejado todas las reglas de la escuela!"

Finally, the last bell rang and school was over. Everyone, especially Davy, was glad to be going home.

Davy said to a friend, "That was the worst school day ever! A school without rules is terrible!"

Finalmente, sonó el último timbre del día y terminó el día de escuela. Todos, y especialmente David, estaban contentos de irse a casa.

David le dijo a un amigo, "¡Este fue el peor día de escuela de mi vida! ¡Una escuela sin reglas es terrible!"

Davy was glad to be home again. He sat down and began doing his homework. Suddenly he threw up his hands and shouted, "Oh good! Today I don't have to do my homework!"

He jumped up, grabbed a soccer ball, and headed straight to his friend's house.

David estaba contento de estar de regreso en casa. Se sentó y comenzó a hacer su tarea. De repente levantó las manos y gritó, "¡Qué bueno! ¡Hoy no tengo que hacer mi tarea!"

Saltó de su silla, agarró un balón de fútbol y se fue directo a la casa de su amigo.

"Look both ways before you cross the street!" Mom called.

"Mom must have forgotten," thought Davy. "That's a rule, and today there are no rules!"

Davy never even bothered looking as he began crossing the street.

"¡Mira hacia los dos lados antes de cruzar la calle!", le gritó su mamá.

"Se le debe haber olvidado a Mamá", pensó David. "Esa es una regla, y ¡hoy no hay reglas!"

David ni se molestó en mirar al empezar a cruzar la calle.

Zoommmmm! went a car as it raced down the street. Davy jumped back onto the sidewalk, barely getting out of the way!

"Hey!" shouted Davy. "You're going much too fast! I could have been killed!"

"No rules today!" yelled the driver as he sped out of sight.

¡Booommmmm! Pasó un carro por la calle a toda velocidad. David saltó hacia atrás, a la acera, ¡y apenas logró quitarse del camino!

"¡Cuidado!", gritó David. "¡Vas demasiado rápido! ¡Podrías haberme matado!"

"¡Hoy no hay reglas!", gritó el conductor mientras se perdía de vista.

Davy was so scared that he shook all over as he walked to his friend's house.

After hearing what had happened, his friend reminded him, "Davy, did you forget that today people can drive any way they want?"

Davy mumbled to himself, "I should have kept the driving rules."

David quedó tan asustado que iba temblando mientras caminaba a la casa de su amigo.

Después de escuchar lo que le había sucedido, su amigo le recordó, "David, ¿olvidaste que hoy la gente puede manejar como quiera?"

David susurró para él mismo, "Debí dejar las reglas de manejo".

Then Davy said to his friend, "Come on, let's have some fun and play ball."

They met some friends and began playing soccer. The ball came to Davy, but before he could kick it, someone pushed him down.

"Hey!" yelled Davy. "That's not fair!"

"No soccer rules today," snapped the kid.

Entonces David le dijo a su amigo, "Vamos a divertirnos un poco y a jugar a la pelota".

Se encontraron con algunos amigos y comenzaron a jugar fútbol. El balón venía hacia David, pero antes de que pudiera patearlo, alguien lo empujó.

"¡Oye!", gritó David. "¡Eso no es justo!"

"Hoy no hay reglas para el fútbol", dijo el niño.

A few minutes later, Davy had a chance to score a goal. But when he kicked the ball hard to the goal, a player jumped up in the air and caught the ball. Then he ran away with it. "What are you doing?" shouted Davy. "That's not the way to play the game!"

"I don't care," yelled the kid. "That's the way I want to play. Remember? No rules today!"

Then the other boys began breaking the rules. It was the worst game of soccer that Davy had ever played. Davy went home mad. Today, he did not even have fun playing his favorite game.

Unos minutos después, David tuvo la oportunidad de anotar un gol. Pero cuando pateó fuertemente el balón hacia la portería, un jugador saltó y atrapó el balón en el aire, y se fue corriendo con él. "¿Qué haces?", gritó David. "¡Así no se juega!"

"No me importa", gritó el niño. "Así quiero jugar yo. ¿Recuerdas? ¡Hoy no hay reglas!"

Después los otros niños comenzaron a romper las reglas. Era el peor juego de fútbol que David jamás había jugado. David se fue enojado a su casa. Hoy ni siquiera se había divertido jugando su juego favorito.

Meanwhile, all around town, people were becoming very angry with Davy. Without any rules, their small town was anything but peaceful. People were yelling:
"Stop stealing!"
"Get off the road!"
"You're driving too fast!"

Mientras tanto, por todo el pueblo la gente se estaba enojando con David. Sin reglas, su pequeño pueblo era todo, menos pacífico. La gente gritaba:
"¡Dejen de robar!"
"¡Salgan del camino!"
"¡Estás manejando demasiado rápido!"

To some people, "no rules" meant they could do—and have—whatever they wanted.

In stores, sales people were selling, but buyers were not buying. They were taking items off the shelves and walking out the store!

In restaurants, cooks were cooking, but people were not paying for the food they ate! Things were getting worse and worse.

Para algunas personas, "no tener reglas" significaba que podían hacer—y tener—cualquier cosa que quisieran.

En las tiendas, los vendedores vendían, pero los clientes no compraban. Tomaban los artículos de los estantes y se iban de las tiendas ¡sin pagarlos!

En los restaurantes, los cocineros estaban cocinando, pero la gente ¡no pagaba por lo que se comía! Las cosas se estaban poniendo cada vez peor.

Angry men and women and boys and girls began gathering in the town square. "It's all Davy's fault!" they complained.

"That's right," yelled someone in the crowd. "This was a peaceful town until he became mayor!"

More and more people kept coming until nearly the whole town showed up. Even the real mayor was there!

Mujeres y hombres enojados acompañados de niños y niñas, comenzaron a reunirse en la plaza central. "¡Todo esto es culpa de David!", se quejaban.

"Es cierto", gritó alguien entre la multitud.

"¡Éste era un pueblo pacífico hasta que él se convirtió en alcalde!"

Seguía viniendo más y más gente hasta que ya estaba ahí casi todo el pueblo. ¡Hasta el verdadero alcalde estaba ahí!

"This is no way to run a town!" an angry woman shouted. "This madness must stop!"

"It will," answered the mayor, "tomorrow when we get our rules back!"

"Tomorrow will be too late!" roared the crowd.

Someone yelled out, "Let's find Davy! It's all his fault!"

"Yes!" screamed the mob. "Let's go!"

Everyone began marching toward Davy's house.

"¡Esa no es la manera de dirigir un pueblo!", gritó una mujer enojada. "¡Esta locura debe parar!"

"Así es", respondió el alcalde. "¡Parará mañana, cuando tengamos nuevamente nuestras reglas!"

"¡Mañana será demasiado tarde!", rugió la multitud.

Alguien gritó, "¡Vamos a encontrar a David! ¡Todo esto es su culpa!"

"¡Sí!", gritó el gentío. "¡Vamos!"

Todos comenzaron a marchar hacia la casa de David.

Davy had no idea what was happening in the town square. When he came home from playing soccer, he looked into the pot of food that Mom was cooking, and groaned, "I don't want to eat that."

"But it's good for you," said Mom.

"Remember?" said Davy. "No rules today."

"What do you want?" asked Dad.

Davy rubbed his stomach. "I want a large bowl of ice cream with lots of fudge topping covered with cherries!"

David no tenía idea de lo que estaba sucediendo en la plaza central. Cuando llegó a casa después de jugar fútbol, miró la comida que su mamá estaba cocinando, y exclamó, "No quiero comer eso".

"Pero es bueno para ti", dijo su mamá.

"¿Recuerdas?", dijo David, "hoy no hay reglas".

"¿Qué quieres?", preguntó Papá.

David frotó su estómago. "¡Quiero un tazón grande de helado con mucho jarabe de chocolate y cubierto con cerezas!"

"You won't feel good if you eat only that," warned Dad.

"I'll be all right," said Davy with a big grin.

"Okay," answered Dad.

"Mmmmm! Mmmmm!" mumbled Davy. He ate and ate and ate. It was his best meal ever! "This is the way we should always eat!"

Then Davy smiled and said, "Maybe the day will turn out just fine after all."

"Si comes sólo eso, no te sentirás bien", le advirtió su papá.

"Estaré bien", dijo David con una gran sonrisa.

"Bueno", respondió su papá.

"¡Mmmmm! ¡Mmmmm!", susurró David. Comió y comió y comió. ¡Fue la mejor comida de toda su vida! "¡Así es como deberíamos comer siempre!"

Entonces David sonrió y dijo, "Quizá el día va a terminar bien después de todo".

As soon as Davy had finished eating, his stomach began to hurt real bad. He decided to go to bed.

"Ohhhhhh!" he groaned over and over again. "My stomach hurts. I wish I hadn't eaten all that ice cream!"

As Dad and Mom sat next to Davy trying to comfort him, they heard a loud noise. Dad rushed to the window.

"What's happening?" asked Mom.

"Uh, oh!" said Dad shaking his head. "It's the mayor and the whole town! We're in big trouble."

"Get Davy out here!" demanded the mob.

Apenas David había terminado de comer, su estómago comenzó a dolerle fuertemente. Decidió irse a la cama.

"¡Ohhhhhh!", gemía una y otra vez. "Me duele el estómago. ¡Desearía no haberme comido todo ese helado!"

Mientras su papá y mamá se sentaban al lado de David intentando consolarlo, escucharon un fuerte ruido. Papá corrió hacia la ventana.

"¿Qué está sucediendo?", preguntó su mamá.

"¡Oh, no!", dijo su papá moviendo la cabeza. "¡Es el alcalde con todo el pueblo! Estamos en graves problemas".

"¡Saquen a David!", demandaba el gentío.

Davy felt so bad that he could barely get out of bed. He held his stomach as he walked to the front door. As soon as Dad opened the door, someone yelled at Davy, "You've ruined our town!"

"What do you mean?" asked Davy.

The mayor told him about all the trouble that they were having. Then he said, "You cannot have a town without rules."

Davy knew all too well what he meant—and he knew how to fix it.

David se sentía tan mal que apenas pudo salir de la cama. Se apretaba el estómago mientras caminaba hacia la puerta principal. Tan pronto como su papá abrió la puerta, alguien le gritó a David, "¡Has arruinado nuestro pueblo!"

"¿Qué quiere decir?", preguntó David.

El alcalde le contó de todos los problemas que estaban teniendo. Después le dijo, "No puedes tener un pueblo sin reglas".

David entendía muy bien a qué se refería—y sabía cómo arreglarlo.

"I'm sorry," said Davy to the crowd. "I thought a day without rules would be the happiest day of my life—but this has been the WORST day of my life! Now I know that rules are very, very important."

Then Davy looked at the mayor and said, "Mr. Mayor, you are right. You cannot have a town without rules."

Then he turned around and said, "And Dad, you are right, too. A family without rules will never be happy."

"Lo siento", dijo David a la multitud. "Pensé que un día sin reglas sería el día más feliz de mi vida—pero éste ha sido ¡el PEOR día de mi vida! Ahora sé que las reglas son muy, muy importantes".

Entonces David miró al alcalde y dijo, "Señor Alcalde, usted tiene razón. No se puede tener un pueblo sin reglas".

Entonces se volteó y dijo, "Y Papá, tú también tienes razón. Una familia sin reglas nunca será feliz".

Then turning to the crowd, Davy said, "From this moment on, I am no longer the mayor. I resign!"

Everyone clapped and shouted, "Hooray!"

They lifted Davy onto their shoulders. Davy had never felt better—stomachache and all. Then the mayor cleared his throat and announced, "As mayor of this fine community, I declare that from now on—we have rules!"

"Hooray!" shouted the crowd. And Davy shouted the loudest of all.

Entonces, volteando a la multitud, David dijo, "A partir de este momento, ya no soy el alcalde. ¡Renuncio!"

Todos aplaudieron y gritaron, "¡Hurra!"

Todos levantaron a David en hombros. David nunca se había sentido mejor, con todo y su dolor de estómago. Entonces el alcalde aclaró su garganta y anunció, "Como alcalde de esta hermosa comunidad, declaro que de ahora en adelante—¡Tenemos reglas!"

"¡Hurra!", gritó la multitud. Y David gritó más fuerte que todos.

Read Exciting Character-Building Adventures
★★★ Bilingual Another Sommer-Time Stories ★★★

978-1-57537-150-4

978-1-57537-151-1

978-1-57537-152-8

978-1-57537-153-5

978-1-57537-154-2

978-1-57537-155-9

978-1-57537-156-6

978-1-57537-157-3

978-1-57537-158-0

978-1-57537-159-7

978-1-57537-160-3

978-1-57537-161-0

All 24 Books Are Available As Bilingual Read-Alongs on CD

English Narration by Award-Winning Author Carl Sommer
Spanish Narration by 12-Time Emmy Award-Winner Robert Moutal

ANOTHER SOMMER-TIME STORY
Fun Times With Timeless Virtues
Bilingual Series

Also Available!
24 Another Sommer-Time Adventures on DVD

English & Spanish

978-1-57537-162-7

978-1-57537-163-4

978-1-57537-164-1

978-1-57537-165-8

978-1-57537-166-5

978-1-57537-167-2

978-1-57537-168-9

978-1-57537-169-6

978-1-57537-170-2

978-1-57537-171-9

978-1-57537-172-6

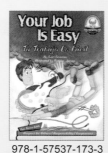
978-1-57537-173-3

ISBN/Set of 24 Books—978-1-57537-174-0
ISBN/Set of 24 DVDs—978-1-57537-898-5

ISBN/Set of 24 Books with Read-Alongs—978-1-57537-199-3
ISBN/Set of 24 Books with DVDs—978-1-57537-899-2

For More Information Visit www.AdvancePublishing.com/bilingual